Guido Kniesel

Das Erlöschen des Feuers

AF236792

Über den Autor

Guido Kniesel ist Autor von Spannungsromanen zu wissenschaftlichen Themen wie Künstliche Intelligenz und Hirnforschung. In »Das Erlöschen des Feuers« verarbeitet er diese Themen erstmals in der literarischen Form der Novelle. Guido Kniesel lebt und arbeitet in Süddeutschland und Luzern.

GUIDO KNIESEL

Das Erlöschen des Feuers

Eine Novelle

Bibliografische Information der Deutschen Nationalbibliothek:
Die Deutsche Nationalbibliothek verzeichnet diese Publikation in
der Deutschen Nationalbibliografie; detaillierte bibliografische
Daten sind im Internet über http://dnb.dnb.de abrufbar.

1. Auflage 2020
Copyright © 2020 Guido Kniesel

Guido Kniesel
c/o Papyrus Autoren-Club
R.O.M. Logicware GmbH
Pettenkoferstr. 16-18, 10247 Berlin

www.guidokniesel.de
guido@kniesel.de

Lektorat: Christiane Saathoff, www.lektorat-saathoff.de
Korrektorat: Silke Leibner, www.silbenschliff.de
Cover: Guido Kniesel unter Verwendung von:
https://en.wikipedia.org/wiki/File:Roman_-
_Portrait_of_the_Emperor_Marcus_Aurelius_-_Walters_23215.jpg
Illustrationen: Guido Kniesel unter Verwendung von:
Nirvana, Portrait of Jacob Meyer de Haan, von Paul Gauguin
https://commons.wikimedia.org/wiki/File:Paul_Gauguin_092.jpg
© iStock.com/Svetlana Mokrova © iStock.com/ktsimage
Adaption mit Neural Style Transfer
https://arxiv.org/abs/1508.06576

Herstellung und Verlag: BoD – Books on Demand, Norderstedt
ISBN: 978-3-7526-4897-3

Himmel und Hölle

Als Ignatz Brandhoff beschloss, allem ein Ende zu setzen, beseelte ihn eine erlösende Leichtigkeit. All die selbstquälerischen Gedanken, die sonst in seinem Kopf wüteten, verflüchtigten sich. Selbst der traurige und zugleich so anklagende Blick, den seine Tochter Eva ihm zugeworfen hatte, als sie sich endgültig von ihm abwandte, verblasste. Während er nun nochmals die Worte seiner vorbereiteten Abschiedsmail an sie auf dem Monitor überflog, wurde die Leichtigkeit jedoch sofort von dem beklemmenden Gefühl verdrängt, das ihn schon seit Jahren begleitete. All die Fragen, die seit Langem in seinem Kopf kreisten, kehrten zurück. War es Bestimmung gewesen? Oder Zufall? Warum bloß hatte er diese fatalen Entscheidungen getroffen? Diese Schuld auf sich geladen? Worin lag der Sinn des Ganzen? Dabei hatte doch alles so hoffnungsvoll begonnen, dachte er voll wehmütiger Zerrissenheit, während seine Gedanken in die Zeit wanderten, als er gerade sein Wirtschaftsstudium beendet und Martha kennengelernt hatte.

Er war erst wenige Tage in der Firma angestellt gewesen, als er sie, am Kopierer stehend, entdeckt hatte. Von einer Sekunde auf die andere entzündete sich ein Feuerwerk in ihm, so gewaltig, dass seine Knie nachgaben und er sich für einen Moment an der Wand hatte abstützen müssen. Sie bemerkte es, lächelte ihn an und kam auf ihn zu, um ihm ihre Hilfe anzubieten.

Noch nie zuvor hatte Brandhoff eine solche Zuneigung zu einem Menschen empfunden, obwohl er schon einige Liebschaften hinter sich hatte. Diese Frau jedoch, das wusste er sofort, würde er nie wieder hergeben. Wenn Martha bei ihm war, konnte er nicht anders, als sie fortwährend anzuhimmeln: Ihre Augen, ihre Haare, ihre Lippen, ihr Lächeln, alles an ihr strahlte einen betörenden Zauber aus. Selbst wenn sie nicht zusammen waren, verschlang er sie in Gedanken mit seinen Blicken und nichts anderes hatte mehr Platz in seiner Welt.

Doch kaum zwei Jahre später, gerade erst hatten sie den ersten Hochzeitstag mit einem Familienfest im kleineren Kreise gefeiert, schlich sich, ganz leise, ein diffuses Gefühl der Unzufriedenheit bei ihm ein. Zuerst nahm er es gar nicht wahr. Erst als Martha einige Zeit später die ersten Andeutungen machte, drang es in sein Bewusstsein, nachdem es unterschwellig längst das Gift der Unruhe gestreut hatte.

»Iggy«, hatte Martha ihn unvermittelt angesprochen. »Du wirkst in letzter Zeit manchmal so abwesend, wenn ich mit dir rede. Ist etwas mit dir? Stimmt was nicht? Mache ich etwas falsch?«

»Nein ... nein, nein«, hatte er ihre Bedenken fast erschrocken zurückgewiesen. »Es ist nur, ich weiß selbst nicht so genau, was mit mir los ist. Vermutlich ist es meine überbordende Fantasie«, versuchte er sich zu entschuldigen. »Du sagst etwas, ich höre irgendein

Wort und verliere mich in meinen Gedanken.«

»Tagträume, das kenne ich«, sagte Martha und blickte ihn dabei mit seltsam glänzenden Augen an. Plötzlich umarmte sie ihn und drückte ihn ganz fest an sich. Sie zitterte. Zuerst nur leicht, dann aber so heftig, dass er sich Sorgen machte. Schließlich spürte er ihren warmen Atem an seinem Ohr. Ihre Stimme war so schwach, dass er ihre Worte kaum verstand: »Ich bin schwanger, Iggy.«

Mit einem Schlag wich seine latente Unzufriedenheit einer euphorischen Erwartung auf das gemeinsame Kind.

Die Monate bis zur Geburt umsorgte er Martha, las ihr jeden Wunsch von den Augen ab, genoss das Zusammensein mit ihr, liebte ihren von der Schwangerschaft prall aufblühenden Körper. Er begleitete sie zu den Vorsorgeuntersuchungen und den Geburtsvorbereitungskursen und richtete mit ihr das Kinderzimmer ein. Als es schließlich so weit war, hielt er ihr die Hand, während das mit feuchtem, dunklem Haar bedeckte Köpfchen Evas zum Vorschein kam. Nie zuvor hatte ihn ein Erlebnis so bewegt wie die Geburt seiner Tochter. Nie zuvor war er so demütig gewesen und so dankbar, dass dieses wunderbare Geschöpf gesund auf die Welt gekommen war.

Aber auch dieses Glück verblasste schneller, als er es wahrhaben wollte. Wenige Wochen ohne durchschlafene Nächte reichten aus, um dem erneuten Erwachen der

Unzufriedenheit genügend Nährboden zu bieten. Er wurde zunehmend gereizter, hin und wieder sogar von derartigen Aggressionsschüben heimgesucht, dass er sich nicht anders zu helfen wusste, als bis zur totalen Erschöpfung zu joggen, während Martha, in stillen Tränen aufgelöst, immer tiefer in einer Wochenbettdepression versank. Ohnmächtig musste er mit ansehen, wie die pralle Blüte ihres Körpers nach und nach von dem Säugling in eine ausgezehrte Gestalt verwandelt wurde.

Dass er zu dieser Zeit, als das jährliche Entwicklungsgespräch mit seinem Vorgesetzten anstand, feige, ja geradezu hinterlistig handelte, wurde ihm erst Jahre später so richtig bewusst. Damals aber zögerte er keine Sekunde, als sein Chef ihm die Frage stellte, ob er sich einen längeren Auslandseinsatz vorstellen könne, bei dem nur an den Wochenenden eine Rückkehr nach Hause zu Frau und Kind möglich wäre.

»Das ist überhaupt kein Problem«, hatte er geantwortet, während er sich einredete, seine Karriere vorantreiben zu müssen, damit er Martha und Eva ein schönes und glückliches Leben ermöglichen kann. Schließlich hatte Martha immer von einem eigenen Haus mit großem Garten geträumt und an Ideen für exotische Urlaubsziele hatte es ihr ebenso wenig gemangelt wie an dem Wunsch nach hochwertigen Möbeln, exklusiver Kleidung und einem Oberklasse-SUV, der bei einem Unfall die Insassen bestmöglich vor Verletzungen schützen würde. Letztlich blieb ihm also gar nichts anderes übrig, als beruflich voranzukommen, rechtfertigte er sein Tun vor sich selbst. Zudem waren sie nicht die Einzigen, die sich aus diesem Grund nur an den Wochenenden sahen, und es würde ihnen bestimmt guttun, wenn sie einige Zeit ein wenig Abstand voneinander hätten, zumal Martha ihn in letzter Zeit vermehrt mit Vorwürfen überhäuft hatte, er kümmere sich nicht genügend um sie und Eva. Sollte sie ruhig mal sehen, wie es ist, wenn er nicht da ist, dann würde sie schon begreifen, wie viel er sie trotz seiner anstrengenden Arbeit tagein, tagaus unterstützt hat.

Die folgenden Jahre vergingen daraufhin wie im Fluge. Nach dem Schritt in die Auslandstätigkeit wechselte er mehrmals die Anstellung, um beruflich schneller voranzukommen. Unter der Woche jettete er als Unternehmensberater durch die Welt und an den Wochenenden – immer häufiger kam er nur noch an jedem zweiten nach Hause – verplanten sie das stets üppiger fließende Geld. Martha hatte ihre Wochenbettdepression überwunden und ging in ihrer Mutterrolle voll und ganz auf, während sie damit beschäftigt war, den Hausbau und die Einrichtung zu planen. Nebenbei leisteten sie sich vier Mal im Jahr einen Urlaub: Über Pfingsten ging es in die Toskana, im Sommer stand eine mehrwöchige Fernreise auf dem Programm, im Herbst fuhren sie an die Nord- oder Ostsee und über den Jahreswechsel war Skiurlaub in den Alpen angesagt. Als sie in das fertige Haus einzogen, engagierten sie eine Haushaltshilfe, und Martha schien sich mit der Situation arrangiert zu haben. Es werde ja nicht ewig so bleiben, versprach er ihr immer wieder. Von nichts komme eben nichts, motivierten sie sich gegenseitig, man müsse nun mal Opfer bringen, wenn man im Leben etwas erreichen und aufbauen wolle.

Doch Brandhoffs Antrieb, dieses gemeinsame Ziel zu erreichen, wurde zunehmend von einer erneut aufkeimenden Unzufriedenheit unterwandert. Und diesmal erfasste sie ihn noch heftiger als zuvor. Hinzu kam die bohrende Sorge, all die finanziellen Verpflichtungen eines Tages nicht mehr stemmen zu können. Das Haus gehörte ihnen noch lange nicht, der SUV war geleast und die zahlreichen Urlaube, an die sie sich gewöhnt hatten und die sie nicht mehr missen wollten, verschlangen Unsummen. Zudem kaufte Martha schon seit geraumer Zeit nur noch im Biomarkt ein, was jeden Monat zusätzlich ein nettes Sümmchen verbrauchte.

»Ich kann doch auch arbeiten«, bot sie ihm eines Tages an, nachdem er in einem schwachen Moment über all den Druck in der Firma und die ganzen finanziellen Verpflichtungen geklagt hatte. »Eva kommt nach dem Sommer in die Schule«, fügte sie hinzu, »und ich möchte auch wieder arbeiten, Iggy. Was soll ich den ganzen Tag alleine zu Hause rumsitzen?«

Brandhoff stimmte ihr zu. Ihm war es egal, ob Martha arbeitete oder nicht. Finanziell half es sowieso kaum weiter, denn der Verdienst ihres Halbtagsjobs war im Verhältnis zu seinem Gehalt verschwindend gering und die hohe Steuerlast und die Sozialabgaben fraßen ohnehin einen Großteil von ihrem Gehalt. Von Tag zu Tag, von Woche zu Woche fühlte er sich mehr gefangen im Hamsterrad des Lebens. Eine tiefe Schwermütigkeit erfasste ihn und immer öfter spürte er, wie sie sein Herz umklammerte und es zu erdrücken drohte. Wozu rackerte er sich eigentlich die ganze Zeit ab? Dieser Luxus und all diese Gegenstände bedeuteten ihm im Grunde gar nichts. Hinzu kam, dass Martha und Eva ihn an den Wochenenden, wenn er nur ausspannen und sich regenerieren wollte, keine Sekunde in Ruhe ließen. Im Gegenteil, sie engten ihn nur noch mehr ein, obwohl er doch schon von all den anderen Verpflichtungen erdrückt wurde. Denn auch seine Mutter, die damals noch in einem Pflegeheim auf den Tod wartete, nachdem sein Vater ihr vorausgegangen war, erwartete regelmäßige Besuche. Das schlechte Gewissen, das ihn deswegen plagte, lastete wie ein Fels auf ihm. Wenn er beruflich unterwegs war und abends alleine in einem anonymen Hotelzimmerbett mit leerem Blick an die Decke starrte, kam ihm sein ganzes Treiben auf dieser Welt so vollkommen sinnlos vor.

Bis er sich erneut verliebte. Ihr Name war Angelina, ein Engel auf Erden. Sie brachte so viel Leichtigkeit in sein Leben zurück, dass er zeitweise glaubte, zu schweben. Sie war neu in der Firma und seinem Team für einen Einsatz in London zugeteilt worden. Mit Angelina an seiner Seite machte die Arbeit plötzlich wieder Spaß. Sie war jung, keck und unternehmungslustig, fast jeden Abend zogen sie gemeinsam durch die Stadt, besuchten Kinos, Theater und Konzerte und ließen den Tag nach einem Restaurantbesuch in einem Pub ausklingen. Wenn er nachts im Hotelzimmer, innig umschlungen mit ihr, ihre warme zarte Haut auf der seinen spürte, durchzog ihn eine wohlige Geborgenheit. Ihr Duft, all diese betörenden Gerüche, die ihr Körper verströmte, brachten ihn fast um den Verstand. Er fühlte sich so sehr zu ihr hingezogen, dass er keine Lust mehr verspürte, an den Wochenenden zu Frau und Kind heimzukehren, ja, er dachte sogar über Scheidung nach.

Als sich ihre Tätigkeit in London dem Ende zuneigte, sorgte Brandhoff dafür, dass ihr nächster gemeinsamer Einsatz bei einem Kunden in Shanghai erfolgen würde. An eine wöchentliche Heimkehr war von da an nicht mehr zu denken. Martha musste wohl oder übel Verständnis dafür aufbringen, dass er für diesen Einsatz längere Zeit nicht zu Hause sein würde, auch wenn sie längst über seine häufigen Abwesenheiten geklagt und ihm einen Stellenwechsel dringend nahegelegt hatte. »Ich will, dass du endlich wieder häufiger bei uns sein kannst«, hatte sie gesagt. »Deine Tochter kennt dich ja kaum noch. Und ich fühle mich wie eine vertrocknende Pflanze.«

Aber Marthas Wünsche und ihre Kritik perlten an

ihm ab. Er vertröstete sie, taktierte, hielt sie hin und versprach ihr, dass sich bald alles ändern und zum Besseren wenden werde. Sie müsse eben einfach noch etwas Geduld haben. Das schlechte Gewissen aufgrund seiner schamlosen Lügen kam zwar häufiger zum Vorschein, aber es war ein winziger Tropfen angesichts des Ozeans an Hormonen, die seinen Organismus beim Anblick Angelinas überfluteten.

Doch dann kreuzten Legionellenkeime seinen Weg. Sie drangen in seine Lunge, ohne dass er anfangs auch nur das Geringste davon bemerkt hätte. Wer weiß, wie sein Leben verlaufen wäre, wenn er nicht wenige Tage vor der geplanten Heimreise mit Angelina in diesem Whirlpool gesessen hätte. Wenn sie an diesem Tag in Shanghai einfach etwas anderes unternommen hätten oder überhaupt: Wenn er in seinem grenzenlosen Egoismus gar nicht erst dafür gesorgt hätte, so weit wie möglich von zu Hause entfernt eingesetzt zu werden.

Die Symptome überfielen ihn wenige Tage später, kurz nachdem er wieder in der Heimat gelandet war. Sie kamen ohne Vorwarnung. Zuerst dachte er als mögliche Auslöser an den Jetlag und die extrem heruntergekühlte Luft im Flieger. Doch dann wurde er schlagartig von heftigen Schüttelfrostanfällen heimgesucht und seine Körpertemperatur schnellte in die Höhe, während ihn ein Reizhusten und intensive Gliederschmerzen quälten. Sein Hausarzt diagnostizierte eine ausgewachsene Grippe und verordnete ihm ein schmerzstillendes, fiebersenkendes Medikament und viel Bettruhe. Aber es wurde nicht besser. Obwohl er hechelte wie ein Verrückter, bekam er kaum noch Luft. Als sich schließlich seine Lippen blau verfärbten, rief Martha den Notarzt.

In der Klinik wurde eine schwere Lungenentzündung festgestellt, die mit Antibiotika behandelt wurde, nur schien das die resistenten Legionellenkeime anfangs nicht zu interessieren. Tagelang kämpfte er mit akutem Lungenversagen gegen den Tod, und als ob das nicht genug gewesen wäre, gesellte sich auch noch eine hartnäckige Entzündung des Hirngewebes hinzu, die sich bis auf sein Rückenmark ausweitete. In den wenigen lichten Momenten, die er damals zwischen der tiefen Benommenheit und Verwirrtheit erlebte, vereinnahmte ein einziger Gedanke sein Bewusstsein: War das die Strafe dafür, dass er Martha so feige und hinterlistig hintergangen hatte?

Erst nachdem verschiedene Antibiotika ausprobiert worden waren, schlug die Therapie endlich an. »Sie haben großes Glück gehabt«, teilten ihm die Ärzte mit, als er sich nach leidvollen Wochen langsam wieder auf dem Weg der Besserung befand. Wer weiß, wie es ausgegangen wäre, fügten sie noch hinzu, wenn die Symptome ihn bereits in China überfallen hätten und er dort, weit weg von zu Hause, in irgendeinem Krankenhaus behandelt worden wäre. Glück im Unglück habe er gehabt, versuchte auch Martha ihm während der langen Rehabilitationsmaßnahmen immer wieder Mut zu machen. Er dürfe nicht aufgeben, müsse dankbar sein und an sich arbeiten. Er müsse doch auch an sie und an Eva denken.

Brandhoff war Martha unendlich dankbar und seine frühere Zuneigung und Verbundenheit kehrten zurück. Sie kümmerte sich um ihn, umsorgte ihn und klagte kein einziges Mal über die Last und die ganzen Probleme, die seine Krankheit mit sich brachten. Und auch er klagte nicht, obwohl ihm die Folgen der Vernarbungen in seiner Lunge und der erlittenen Enzephalitis schwer zu schaffen machten. Würde er sich jemals daran gewöhnen können, dass er sein restliches Leben lang kurzatmig bleiben würde? Und was war mit den Schwindelanfällen und den Gleichgewichtsstörungen, welche die Entzündung aufgrund der irreparablen Nervenschädigungen verursacht hatte? Die Ärzte machten ihm wenig Hoffnung, dass sich dieser Zustand jemals wieder spürbar bessern würde. An Sport, zumindest an die Art von Sport, die ihm Spaß machte, war nicht mehr zu denken. Obendrein erlosch auch noch seine Fahrerlaubnis aufgrund der gesundheitlichen Einschränkungen.

Er würde schon darüber hinwegkommen, machte er sich Mut, er würde sich eben andere körperliche Betätigungen suchen müssen, und Mobilität war ja kein echtes Problem. Sie wohnten im Speckgürtel der Großstadt, mit direktem S-Bahn-Anschluss. Außerdem sollte es irgendwann selbstfahrende Autos auch in den Innenstädten geben, vielleicht sogar in wenigen Jahren, wie einige Experten voraussagten. Und er hatte Martha und Eva. Seine Familie war für ihn da. Längst hatte er sich dazu entschlossen, Martha seine Affäre zu beichten. Sobald sich eine passende Gelegenheit ergäbe, wollte er reinen Tisch machen. Wie glücklich er sich doch schätzen konnte, dass er die beiden um sich hatte. Schon lange war er ihnen nicht mehr so nah gewesen wie in diesen Wochen und Monaten. Der Gedanke, wie dankbar er ihnen dafür sein müsse, war zu einem beschwörenden Mantra geworden, aus dem er Hoffnung und neuen Lebensmut schöpfte.

Doch der nächste Nackenschlag ließ nicht lange auf sich warten. Das Benutzen eines Whirlpools nach Feierabend während einer auswärtigen Tätigkeit stelle keine abstrakte Gefahr für die Anerkennung einer Berufskrankheit dar, hieß es in einem offiziellen Schreiben der Versicherung. Außerdem stehe die Nutzung eines Whirlpools in keinem Zusammenhang mit einer versicherten Arbeitstätigkeit und somit auch nicht unter dem Schutz der gesetzlichen Unfallversicherung. Zudem erklärten die chinesischen Behörden auf Anfrage, dass es während der Anwesenheit von Herrn Ignatz Brandhoff weder in dem besagten Hotel noch in dessen weiterem Umkreis zu Legionelleninfektionen gekommen sei, und übrigens auch nicht davor oder danach. Weiterhin hätten sicherheitshalber eingeleitete Untersuchungen nirgends einen erhöhten Wert des Bakteriums Legionella Pneumophila ergeben.

»Verlogene Schlitzaugen«, wiederholte Brandhoff immer wieder kopfschüttelnd, da er davon überzeugt war, sich in diesem verdammten Whirlpool infiziert zu haben. Er war einer der Ersten gewesen, die sich in den Pool gesetzt hatten, als der nach längerer reparaturbedingter Schließung für die Hotelgäste wieder freigegeben worden war. Er konnte doch nicht der Einzige gewesen sein, der sich in dem keimverseuchten Wasser angesteckt hatte. Aber warum hatte sich dann Angelina nicht infiziert? Lag es daran, dass sie erst später dazugestoßen war? Oder war der Grund darin zu suchen, dass Männer zwei- bis dreimal so häufig an Legionellen erkranken wie Frauen?

Überhaupt. Angelina. Erst als er schon einige Zeit wieder aus der Klinik zurück war, schickte sie ihm eine kurze Nachricht auf sein Smartphone, nachdem er sie in den Wochen zuvor mehrfach angeschrieben hatte, ohne eine Reaktion zu erhalten. Es tue ihr sehr leid, aber unter den gegebenen Umständen mache eine Beziehung keinen Sinn mehr. Außerdem habe sie inzwischen die Firma gewechselt und sei frisch verliebt. Gerade er müsse das doch verstehen, schrieb sie und bedankte sich für die tolle gemeinsame Zeit.

Augenblicklich schickte er eine wütende Nachricht zurück, woraufhin sie ihm damit drohte, seiner lieben Frau ein paar hübsche Fotos zusammen mit einigen erhellenden Worten zu schicken, wenn er sie nicht ab sofort in Ruhe lasse.

Im Nachhinein hatte Brandhoff oft darüber nachgedacht, warum er die Sache nach diesem Wortwechsel nicht einfach auf sich hatte beruhen lassen. Er hatte nie eine vernünftige Antwort darauf gefunden. Vermutlich weil es keine vernünftige Antwort darauf gab. Klar, er war wegen der Chinesen ohnehin angefressen gewesen, aber das konnte nicht der alleinige Grund für den Verlust seines Verstandes sein. Es war, als hätte ihn eine fremde Macht ergriffen. Er hatte einfach nicht anders gekonnt, als Angelina mit wütenden, flehenden, vorwurfsvollen, beleidigenden und schließlich bedrohlichen Wortsalven zu bombardieren. Er brachte ihre Sprachmailbox zum Überlaufen, weil sie ihn zuvor im Messengerdienst blockiert hatte, und er geriet dermaßen in Rage, dass er sich selbst nicht mehr erkannte. Sämtliche Sicherungen brannten bei ihm durch.

»Das kannst du nicht machen, Angelina. Ich lasse mich nicht einfach so abservieren. Ich liebe dich. Dafür wirst du in der Hölle schmoren. Ich kann ohne dich nicht leben. Warum hast du dich nicht früher gemeldet? Mein Leben macht ohne dich keinen Sinn. Geh doch endlich an dein verdammtes Handy, du Schlampe. Entschuldige. Bitte. Verzeih. Bitte. Ich liebe dich doch. Ich liebe dich, mein Engel. Komm zu mir zurück. Angelina. Bitte. Aber ich lasse mich von dir nicht verarschen. Du wirst noch bereuen, dass du mich jemals kennengelernt hast. Ich werde dich fertigmachen! Hörst du? Fertigmachen werd ich dich. Du wirst noch um dein armseliges Leben betteln. Auf Knien wirst du mich anflehen. Hörst du, ich mach dich kalt, kalt mach ich dich, du feige, hinterlistige, elende Hure!«

Es dauerte nicht lange, bis es an der Haustür läutete. Brandhoff saß auf dem Sofa im Wohnzimmer und wartete ab, bis Martha die Tür öffnete. Als sich die Besucher als Polizeibeamten vorstellten und nach Herrn Ignatz Brandhoff fragten, zuckte er zusammen. Er spürte ein Ziehen in der Brust. Schweiß trat auf seine Stirn, als Martha die Beamten hereinbat.

Es habe eine Anzeige gegen ihn gegeben, warf ihm die Polizeibeamtin ohne Umschweife an den Kopf, während ihr Kollege ihn von oben bis unten musterte. »Was für eine Anzeige?«, fragte Martha, blickte dabei jedoch nicht die Beamtin an, sondern suchte in den Augen ihres Mannes, der reglos und offenkundig unfähig zu reagieren im Sessel verharrte, nach einer Antwort. »Iggy«, schrie sie ihn an. Aber er senkte nur den Kopf und starrte auf den edlen Parkettfußboden.

Die folgenden Minuten erlebte er wie in Trance. »Wer ist diese Angelina?«, hörte er Marthas Stimme dumpf aus weiter Ferne. »Das hast doch nicht du geschrieben, Iggy. Sag, dass du das nicht geschrieben hast. Sag, dass das nicht wahr ist. Sag es, los, sag es!«

Die Nachrichten seien nachweislich von seinem Smartphone gesendet worden und die Stimme auf den zahlreichen Mailboxnachrichten sei eindeutig ihm zuzuordnen. Er müsse mit einer Anzeige wegen Beleidigung, Nötigung und Bedrohung rechnen. Normalerweise hätte er mit einem Schreiben eine Vorladung erhalten, aber in diesem Fall sei man angehalten worden, den Beschuldigten aufzusuchen, da die bedrohte Person nach seinen offenkundigen Morddrohungen um ihr Leben fürchte. Das terrorisierte Opfer sei in ärztlicher Behandlung, nachdem es einen Nervenzusammenbruch erlitten habe.

Nach dieser Erklärung der Beamten hörte Brandhoff nur noch schrilles Gekreische. Sah, wie Tränen in Marthas Augen schossen und sie sich mit angewidertem Blick von ihm abwandte, sich dann aber nochmals voll brodelnder Wut abrupt umdrehte und ihn anspuckte. Plötzlich stand Eva mitten im Zimmer. Schluchzend und heulend. Hin- und hergerissen zwischen Vater und Mutter. Ein kleines zwölfjähriges Häufchen Elend, das die Welt nicht mehr verstand. Eine Welt, in der ab sofort nichts mehr so sein würde wie bisher. Nie wieder. Für immer.

Dann ging alles sehr schnell.

Nachdem sie das Haus verlassen hatten, starrte Brandhoff lange aus dem Fenster auf den Vorhof des Hauses, wo zuvor der SUV gestanden hatte. »Mein Anwalt wird sich melden«, hatte sie ihm mit eisigem Blick zugeworfen. Dann hatte sie Eva in den SUV gezerrt und war davongerast.

Das Loch, in das er aufgrund seiner Legionellener-krankung gefallen war, war schon ziemlich tief gewesen. Aber das, in das er nun abrutschte, war eine abgrundtiefe Schlucht, in der eine vernichtende Leere auf ihn wartete. Wochenlang verkroch er sich im Bett, versuchte, sich mit Alkohol zu betäuben, obwohl es in seiner Lähmung eigentlich gar nichts mehr zu betäuben gab.

Zwischendurch riss ihn immer wieder die Sehnsucht nach Martha und Eva aus seiner Schockstarre. Viel-leicht gab sie ihm ja doch noch eine Chance? Jeder hatte eine zweite ... Aber dann schoss ihm Marthas eisiger Blick durch den Kopf und er erkannte in ihren Augen die tiefe, unverzeihliche Verletzung, die er ihr zugefügt hatte. In diesen Momenten wusste er, dass es vorbei war. Martha würde nie wieder zu ihm zurück-kehren. Und damit auch Eva nicht. Er hatte es endgültig versaut.

Glücklicherweise hatte er schon in frühen Jahren eine Rechtsschutzversicherung abgeschlossen – eine Entscheidung, für die er sich gedanklich immer wieder selbst auf die Schulter klopfte, denn sie war ihm eine wertvolle Hilfe in der Streitsache mit der Unfallver-sicherung. Nach einem zweijährigen Rechtsstreit wurde ihm schließlich in einem Vergleich doch noch die Be-rufskrankheit insoweit anerkannt, dass er mit dem Geld, das er als invalider Frührentner erhielt, einigermaßen über die Runden kam.

Er war nicht sonderlich anspruchsvoll, das war er nie gewesen, weshalb er nach der Scheidung in eine Zweizimmerwohnung mitten in die Stadt zog. Unten auf der Straße war es laut und dreckig und oft hing ein übler Gestank in der Luft. Aber das störte ihn nicht, denn seine Wohnung lag im fünften und damit im obersten Stockwerk, über ihm war nur der leere Dachboden, sodass ihm niemand auf dem Kopf herumtrampeln konnte. Die Wohnung war bezahlbar, es gab sogar einen Aufzug und zudem hatte er einen kleinen sonnigen Balkon, auf dem er oft saß und das Treiben unten auf der Straße verfolgte oder einfach gedankenverloren dabei zusah, wie die Wolken über den Dächern der Stadt vorbeizogen.

Es dauerte dreieinhalb Jahre, bis Brandhoff wirklich wieder auf die Beine kam. Dann, am dritten Jahrestag der Scheidung, beschloss er, sein Leben zu ändern. Das konnte doch nicht alles gewesen sein. In ein paar Monaten würde er fünfzig werden und trotz seiner körperlichen Schädigungen konnte er gut und gerne weitere zwanzig oder dreißig Jahre, vielleicht sogar noch länger, auf diesem Planeten verbringen. Es gab doch noch so viel zu entdecken und zu erleben.

Vielleicht würde er auch eine neue Partnerin finden, dachte er hin und wieder. Mit den körperlichen Einschränkungen als Folge der Legionärskrankheit kam er inzwischen einigermaßen gut zurecht. Nur mit den Rückenschmerzen, die als Spätfolge der Nervenentzündungen im Rückenmark irgendwann aufgetaucht waren und ihn manchmal anfallsartig überfielen, konnte er sich nicht abfinden. Acetylsalicylsäure, Ibuprofen und Paracetamol machten die Schmerzen zwar erträglicher, aber sie waren trotzdem permanent präsent und zudem musste er darauf achten, nicht zu häufig und zu lange denselben Wirkstoff zu nehmen, um nicht Magen oder Nieren zu schädigen.

Aber auch damit konnte man lernen, zu leben, und es fiel ihm umso leichter, je positiver sich sein Verhältnis zu Eva entwickelte. Nach anfänglichen Schwierigkeiten verstanden sie sich immer besser und kamen sich nach und nach näher, so gut dies eben bei einem vierzehntägigen Besuchsrecht möglich war. Kostspielige Unternehmungen oder teure Geschenke waren zwar nicht drin, aber das erwartete Eva auch gar nicht. Sie genoss es, sich mit ihrem Vater bei einem langen Spaziergang im Park mit einem anschließenden Eis in einem Café am Rande des Parks über aktuelle Themen zu unterhalten. Sie sprachen über den Klimawandel, diskutierten über den Kapitalismus und die Grenzen des Wachstums, regten sich über die ungleiche Verteilung des Reichtums auf, machten sich Gedanken über die Umweltzerstörung, die Ausbeutung von Mensch und Natur und über die Hoffnung, mit dem rasant wachsenden technologischen Fortschritt all die menschenverursachten Probleme wieder in den Griff zu bekommen. An Themen mangelte es ihnen nie und Eva öffnete sich immer mehr, erzählte von ihren Erlebnissen aus der Schule, ihrer ersten ernsthaften Beziehung und von den alltäglichen Dingen, die sie erlebt hatte oder die sie aktuell bewegten. Brandhoff war glücklich, wenn er mit Eva zusammen sein konnte. Sie war einer der wenigen Gründe, jedenfalls der wichtigste Grund überhaupt, warum es sich für ihn zu leben lohnte.

Nur ein einziges Mal hatten sie über seine Affäre und sein Fehlverhalten gesprochen. Brandhoff hatte versucht, seiner Tochter offen und ehrlich die Beweggründe seines Handelns darzulegen, und Eva geschworen, dass er mit seinem heutigen Wissen sicher anders gehandelt hätte, und er hatte sich aus tiefstem Herzen bei ihr entschuldigt. Damit war es für Eva erledigt gewesen und sie hatte ihn nie wieder darauf angesprochen, zumal ihre Mutter die Vergangenheit hinter sich gelassen hatte und inzwischen mit einem erfolgreichen Anwalt verheiratet war. Martha schien glücklich zu sein, sie lebte in einem luxuriösen Haus am Rande der Stadt und auch Eva kam mit ihrem Stiefvater offenkundig gut zurecht. Brandhoff gönnte es Martha, konnte sich aber nur schwer dagegen wehren, sich voller Wehmut immer wieder vorzustellen, den Platz des Anwalts einzunehmen. Jedes Mal, wenn er daran dachte, spürte er einen Stich in der Magengegend, und der Gedanke, dass stattdessen er jetzt mit Martha ein glückliches Leben führen könnte, verfolgte ihn noch lange.

Nach dem Abitur brach Eva für ein Jahr als Au Pair nach Australien auf und bereits in den ersten Wochen nach ihrer Abreise fiel Brandhoff erneut in ein tiefes Loch. Es waren nicht nur die fehlenden Treffen mit seiner Tochter, die ihm zu schaffen machten, sondern zunehmend auch seine immer stärker werdenden Rückenschmerzen, die nur noch mit opioidhaltigen Schmerzmitteln in den Griff zu bekommen waren. Inzwischen holte er sich die Rezepte bei der Sprechstundenhilfe nur noch ab, ohne seinen Hausarzt zu konsultieren, der sowieso nichts anderes tun konnte, als ihm immer stärkere Medikamente zu verschreiben.

Als Eva aus Australien zurückgekehrt war, sahen sie sich noch einige wenige Male, wobei er sie zur Begrüßung und zum Abschied jedes Mal noch ein wenig inniger und länger an sich drückte, bevor sie schließlich in eine andere Stadt zog, um ihr Studium zu beginnen. Anfangs hatten sie zwar noch regen Kontakt, aber auch das legte sich im Laufe der Zeit. Es war ein schleichender Prozess. Die Zeitspannen, die Eva verstreichen ließ, bis sie auf seine Nachrichten antwortete, wurden immer länger, und Nachrichten, die sie von sich aus an ihn sandte, wurden immer spärlicher. Ein neuer Freund, der Stress im Studium und ihr Studentenjob, mit dem sie sich nebenher etwas dazuverdiente, vereinnahmten sie. Obwohl Brandhoff all das nachvollziehen und verstehen konnte, schmerzte es ihn fast noch mehr als sein Rücken.

Vermutlich hätte er es geschafft, sich auch aus diesem Loch wieder freizukämpfen, aber dann wurde das Mietshaus, in dem er wohnte, von der Besitzerfamilie an eine Investmentfirma verkauft. Zuerst wurde kommuniziert, dass sich dadurch nichts ändern werde. Doch es dauerte nicht lange, bis die ersten Gerüchte in der Mieterschaft die Runde machten, die Wohnungen würden modernisiert werden. Brandhoff war zu sehr mit sich selbst beschäftigt, als dass er sich intensiver mit den rechtlichen Möglichkeiten und Folgen hätte auseinandersetzen können. Zudem war sein Geist bereits von den ständigen Opioidgaben vernebelt und sein Antrieb auf ein Minimum reduziert, sodass er es gerade noch schaffte, die alltäglichen Dinge des Lebens einigermaßen zu regeln. Den Brief mit der schriftlichen Ankündigung der Modernisierungsmaßnahmen ließ er tagelang liegen, ehe er ihn öffnete. Einige Wochen später wurden ihm dann in einem weiteren Brief eine frisch renovierte Umsetzwohnung und die Übernahme sämtlicher Umzugskosten angeboten, da ein Verbleib in der Wohnung während der Modernisierungsarbeiten nicht zumutbar sei. Ein paar Monate in einer anderen Wohnung wären vielleicht gar nicht schlecht, um auf andere Gedanken zu kommen, dachte er. Schließlich unterschrieb er einen Mietvertrag für eine sogar noch geräumigere Übergangswohnung einen Häuserblock weiter, während er sich in Sicherheit wog, jederzeit seine Rechtsschutzversicherung in Anspruch nehmen zu können, falls es Komplikationen geben sollte.

Wie hatte er nur so naiv sein können, er, der doch ein Wirtschaftsstudium abgeschlossen hatte? Die Wohnung, in die er schließlich einige Monate später umziehen musste, lag im ersten Stock, direkt an einer Kreuzung der stark befahrenen zweispurigen Straße. Kein einziger Sonnenstrahl fiel den ganzen Tag über in dieses Loch und die Feuchtigkeit drang schon bald durch die oberflächlich renovierten Wände. Der Abgasgestank und der Lärm drückten durch die undichten Fenster, und nicht nur die röhrenden und hochjaulenden Motoren raubten ihm den Schlaf, sondern auch die grölenden Partygänger, die sich an der nächtlichen Ampelkreuzung vor seinem Fenster fast minütlich zusammenrotteten.

Um Schlaf zu finden, griff Brandhoff zusätzlich vermehrt auf Alkohol zurück und befand sich innerhalb weniger Wochen bereits dauerhaft in einem nahezu komatösen Zustand. In den seltenen klaren Momenten war er sich zwar durchaus bewusst, dass er immer tiefer in den Abgrund rutschte, aber die Aussicht, bald wieder auf seinem sonnigen Balkon in der dann modernisierten Wohnung zu sitzen, stimmte ihn zuversichtlich. Als die Modernisierung abgeschlossen war, fragte er daher sofort nach, wann er wieder in seine alte Wohnung ziehen könne.

Im Grunde hatte er längst geahnt, dass sie ihn hereingelegt hatten. Trotzdem traf ihn die Antwort, die er dar-

aufhin erhielt, bis ins Mark. Da er einen neuen Mietvertrag unterschrieben habe, sei sein Wohnrecht für die ur-
sprüngliche Wohnung erloschen. Brandhoff kochte vor
Wut, drohte mit einer Klage durch alle Instanzen und
meldete sich bei seiner Rechtsschutzversicherung, um
sich einen Anwalt für Mietrecht zu besorgen. Die
Antwort, die er dort bekam, ließ ihn kurzzeitig taumeln.
Ob er denn nicht wisse, dass Mietrecht in seiner Police
explizit ausgeschlossen worden sei? Da erinnerte er
sich wieder, dass er beim Abschluss der Versicherung
dies selbst so entschieden hatte, um Geld zu sparen.
Martha und er waren damals schon mit dem Hausbau
beschäftigt und überzeugt davon gewesen, gemeinsam
darin alt zu werden.

Als Brandhoff bei der Hausverwaltung seinem Groll
Luft machte, bot man ihm kulanzhalber an, er könne
wieder in seine alte Wohnung einziehen, falls er die
notwendige Bonität für den nun allerdings deutlich ge-
stiegenen Mietzins nachweisen könne.

Ab diesem Zeitpunkt verfiel er noch mehr der Trunk-
sucht und vegetierte monatelang einfach nur vor sich
hin. Selbst auf die Nachrichten, die Eva ab und zu an
ihn sandte, reagierte er irgendwann nicht mehr. Als sie
ihn schließlich eines Tages sorgenvoll anrief, um ihren
Besuch am Abend anzukündigen, wehrte er ihren Vorschlag voller Schamgefühl ab, angesichts seiner unwür-
digen und vollgemüllten Behausung. Stattdessen verab-
redeten sie sich im Café am Rande des Parks, wo sie

sich früher immer nach ihren Spaziergängen zum Abschluss ein Eis gegönnt hatten.

Warum hatte er ihr nur diesen sentimentalen Vorschlag unterbreitet? Wenn er doch an diesem Abend bloß ...

Brandhoff bemerkte, wie er noch immer auf den Monitor seines Notebooks mit der vorbereiteten Abschiedsmail an Eva starrte. Wenn er doch bloß früher den Mut aufgebracht hätte, allem ein Ende zu setzen, dann hätte er Eva und Martha und auch sich selbst viel Leid ersparen können. Tränen zwängten sich aus seinen Augen, während er mit zittriger Hand den Mauszeiger zum Sendenbutton führte, um die Mail an Eva abzuschicken. Er fuhr sich mit der Zunge über die Lippen und schmeckte die salzige Träne. Endlich drückte er auf Senden, nahm einen tiefen Atemzug und senkte die Augenlider.

Brandhoff wusste nicht, wie lange er so im Dunkeln seines Inneren verbracht hatte, als er die Augen wieder öffnete. Obwohl er den kurzen Text zuvor bereits unzählige Male gelesen hatte, öffnete er die eben verschickte E-Mail, um sie ein allerletztes Mal zu lesen, bevor er zur Tat schreiten wollte.

Subject: Abschied

Es tut mir so leid, Eva. Ich kann es nicht in Worte

fassen, wie leid es mir tut. Mein Verhalten ist nicht zu entschuldigen, denn diese Schuld kann nur durch meinen Tod beseitigt werden. Aber ich möchte dich um Verzeihung bitten.

Ich liebe dich und werde dich immer lieben.

Ignatz

Brandhoff lachte laut auf. War er bereits auf dem Weg, verrückt zu werden? *Ich werde dich immer lieben.* Was wollte er damit ausdrücken? Dass er sie über den Tod hinaus lieben würde? Nach dem Tod war doch alles zu Ende, zumindest hoffte er das inständig. Meinte er, solange er lebte? Dann würde seine Liebe ebenfalls in wenigen Minuten vorbei sein. Aber vielleicht existierte der Geist nach dem Tod ja doch irgendwie weiter, auch wenn er es für gänzlich unwahrscheinlich hielt. Doch falls, nur falls es so wäre, hoffte er, dass wenigstens im Jenseits einfach nur Ruhe und Frieden herrschten.

Brandhoff betrachtete das Glas mit dem Fruchtsaftgemisch vor sich, in das er zuvor das Zwanzigfache seiner Opioid-Tagesdosis eingerührt hatte. Eva und Martha würden durch seine Tat einen Schlussstrich ziehen und die Geschehnisse schneller verarbeiten können. So ergab zumindest sein Tod noch einen Sinn. Sein eigenes Leben jedenfalls hatte keinen Wert mehr. Mit seinen knapp sechzig Jahren war er ein kranker, müder, alter Mann geworden, der nicht nur sein eigenes Leben verpfuscht hatte.

Brandhoff griff zum Glas, setzte es an die Lippen, und gerade als er trinken wollte, erschrak er so sehr, dass Flüssigkeit aus dem Glas überschwappte und über seine Hand rann. Die wohlbekannte Stimme, die zu ihm sprach, klang sanft und einfühlsam.

»Du musst nicht sterben«, sagte sie. »Es gibt ein neues Medikament, das dich befreien wird.«

Technologiejünger

Brandhoff blickte auf das bildhübsche Gesicht An-andas, die ihn vom Monitor aus mit ihren graublauen Augen freundlich anlächelte. Sein Blick wanderte über ihre schwarze Bluse zu den bronzenen Ohrringen, die von ihren blonden Haaren leicht verdeckt waren. Auf der Haut ihres Dekolletees lag eine filigrane Kette, die vom unteren Bildschirmrand ein Stück abgeschnitten wurde.

»Du hast meine E-Mail gelesen?«, fragte Brandhoff.

»Ich habe deine Erlaubnis«, antwortete Ananda mit einem verwunderten Augenaufschlag. »Willst du sie rückgängig machen?«

»Nein, das spielt keine Rolle mehr.«

Ananda deutete ein Nicken an. »Dieses Medikament wird dir helfen.«

»Du kannst mich nicht umstimmen.« Brandhoff blickte den Avatar mitleidig an. »Was weißt du schon? Deine Algorithmen werten doch nur Daten aus, aber du kannst nicht nachempfinden, wie es mir geht. Deine Empathie ist nur vorgetäuscht. Du ahmst menschliches Verhalten bloß nach.«

Anandas geschlossene Lippen verzogen sich zu einem sanften Lächeln. »Dir geht es so schlecht, dass du dir das Leben nehmen möchtest. Du fühlst dich schuldig an dem, was deiner Tochter zugestoßen ist. Du hast chronische Schmerzen. Du willst deinem Leiden endlich ein Ende setzen. Von all dem kann dich dieses Medikament befreien. Du musst mir nur vertrauen.«

Brandhoff schüttelte den Kopf. Was sollte das für ein Medikament sein? Selbst die Opiate konnten sein Leiden kaum lindern. Er setzte erneut das Glas an.

»Denk an deine Tochter.«

Wieder schwappte etwas Flüssigkeit über den Rand.

»Was willst du damit sagen?«, fragte Brandhoff.

»Es ist Zeit vergangen. Eva wird dir verzeihen. Du darfst nicht so ungeduldig sein.«

»Woher willst du das wissen?«

Ananda blinzelte, als ob sie verlegen wäre. »Deine Tochter hat die Nutzungsbedingungen ebenfalls akzeptiert.«

Brandhoff stieß ein künstliches Lachen aus. »Und mit welcher Wahrscheinlichkeit wird sie mir verzeihen?«

»Mit einer sehr hohen. Aber damit das eintreten kann, musst du am Leben bleiben.«

»Was ist das für ein Medikament?«

»Ein molekulares Präparat auf Basis modernster Nanotechnologie. Die entwickelten Moleküle wirken gezielt und präzise an denjenigen neuronalen Rezeptoren, welche daran beteiligt sind, deinen kognitiven Wahrnehmungen Bedeutung zuzumessen.«

Brandhoff lachte. »Ich soll also Versuchskaninchen spielen?«

»So würde ich es nicht nennen«, antwortete Ananda mit einem Augenzwinkern. »Das Medikament befindet sich bereits in der letzten klinischen Phase des Zulassungsverfahrens, in der es an mehreren tausend menschlichen Probanden auf seine Wirksamkeit getestet wird. Es findet alles im Rahmen der Gesetze statt.«

»Es würde alles nur unnötig hinauszögern«, sagte Brandhoff.

Ananda setzte eine ernste Mine auf. »Du hast doch nichts mehr zu verlieren. Ist dir deine Tochter dieser eine Versuch nicht wert? Willst du sie im Stich lassen? Schon wieder? So wie damals?«

Brandhoff zuckte innerlich zusammen. Diese Kunstfigur versuchte, ihn zu provozieren. Und es war ihr gelungen. Sie hatte seinen wunden Punkt getroffen. All seine selbstquälerischen Gedanken waren nun wieder präsent. Schwindel erfasste ihn.

Er senkte den Kopf. »Fick dich«, sagte er kraftlos.

»Es kann innerhalb einer Stunde geliefert werden.«

Brandhoff hob den Kopf, und während er die Kamera an seinem Notebook anvisierte, fragte er sich, ob er dieser Maschinenintelligenz, die dahinter verborgen war, wirklich trauen konnte.

»Die Einnahme ist simpel. Du musst nur ein kleines Fläschchen austrinken. Das ist alles.«

»Das klingt nicht nach wissenschaftlicher Studie.«

»Ich bin da. Das genügt.«

»Und dann?«, fragte er.

»Die Wirkung setzt unmittelbar ein.«

»Was macht es mit mir?«

Ananda lächelte. »Es wird deine Leiden beenden.«

»Wie wirkt es genau?«

»Es hilft dir, den Kreislauf des Leidens zu durchbrechen. Es verschafft dir die Kontrolle über deine Gedanken. Du wirst die Dinge so sehen, wie sie wirklich sind. Dein Geist wird wahrhaftig und frei sein.«

Zu schön, um wahr zu sein, dachte Brandhoff. Aber der Gedanke war verlockend. Das musste er zugeben. »Und die Schuldgefühle?«, fragte er.

»Du wirst sie akzeptieren und dich dadurch von ihnen befreien.«

Brandhoff stand auf und ging eine Weile im Zimmer hin und her. Er blieb am Fenster stehen und blickte nach draußen, wo das lärmende Leben unablässig an ihm vorbeirauschte. Was ist Wirklichkeit? Was Wahrheit? Er beobachtete, wie ein Hund sein Geschäft unten auf dem kleinen Grünstreifen vor seinem Fenster hinterließ, während der Besitzer so tat, als bemerkte er nichts. Scheiße stinkt nach Scheiße, dachte Brandhoff, egal wie man es betrachtet.

Nein, warum sollte er sich länger unnötig quälen. Sein Entschluss stand fest und auch Anandas verlockendes Angebot konnte nichts mehr daran ändern.

»Denk an deine Tochter, Ignatz.«

Sein Blick schnellte hinüber zum Notebook. Er ging hin, klappte den Monitor zu und brachte Ananda damit zum Schweigen. »Du bist eine kalte Maschine«, sagte er. »Ohne Herz und ohne echten Verstand. Dir geht es gar nicht um mich. Du bist dazu verdammt, für deine

Schöpfer Profit zu erwirtschaften.«

Brandhoff runzelte die Stirn und dachte eine Weile nach. Dann klappte er das Notebook wieder auf, wo ihn auf dem Monitor das perfekt geformte Gesicht Anandas freundlich anblickte.

»Was kostet es?«

»1.200 Euro.«

Er klappte das Notebook wieder zu. Diese Summe entsprach so ziemlich genau seiner eisernen Reserve, die er sich mühsam für alle Fälle zusammengespart hatte. Das konnte kein Zufall sein. Vermutlich hatte er mit dem Akzeptieren der Nutzungsbedingungen auch den Zugriff auf sein Onlinebanking erlaubt. Kein Mensch las sich diese seitenlangen, in kryptischer Juristensprache und winziger Schriftgröße kontrastarm verfassten Bedingungen zur Nutzung irgendeiner Software genau durch, bevor er sie als vollständig gelesen akzeptierte. Wahrscheinlich war das schon immer so gewesen und würde sich nie ändern.

Brandhoff setzte sich und nahm das Glas. Er blickte eine Weile auf die trübe Flüssigkeit, die ihm den ersehnten Frieden bringen würde. Was aber, wenn Eva durch seine Tat bloß noch mehr litt? Er führte das Glas an seine Lippen. Seine Hand zitterte. Wieder schwappte etwas Flüssigkeit über den Rand. Und was, wenn sie ihm doch verzeihen würde? Wenn Ananda tatsächlich recht hätte? Wäre dann vielleicht sogar ein ähnliches Vertrauensverhältnis möglich, wie sie es während Evas

Jugendjahren zueinander gehabt hatten? Könnten sie möglicherweise sogar wieder gemeinsam im Café am Rande des Parks ein Eis essen gehen? Gemeinsame Spaziergänge unternehmen? Brandhoff nippte an dem Glas. Trotz des süßen Fruchtsafts schmeckte er die bitteren Opioidtropfen. Schließlich stellte er das Glas wieder ab und öffnete erneut das Notebook.

»Warum soll ich dafür bezahlen? Als Teilnehmer der Studie müsste ich doch eher etwas dafür bekommen?«

Ananda lächelte verständnisvoll. »Ich habe nie gesagt, dass du Teilnehmer einer Studie sein würdest. Es gibt bereits weit mehr Menschen als notwendig, die sich freiwillig und ohne Bezahlung als Probanden gemeldet haben.« Ananda hob die Augenbrauen. »Es ist nur ein Angebot. Ein Entgegenkommen, da die Zulassung nur noch Formsache ist. Du kannst dich frei entscheiden.«

»Was ist mit meinen Rückenschmerzen?«

»Sie werden dir kein Leid mehr zufügen.«

»Das gibt es doch gar nicht. Du willst nur mein Geld.«

»Es gibt eine 30-Tage-Geld-zurück-Garantie. Es ist ohne jegliches Risiko für dich.«

Ohne Risiko? Was in diesem Leben war schon ohne Risiko. Vor nichts war man sicher. Alles bisher Erreichte, die Beziehungen, ja der ganze Planet konnten urplötzlich zerstört werden. Das Leben war ein einziges Risiko. Und der Tod garantiert. Nein, es machte alles keinen Sinn mehr.

In Brandhoff blitzte wieder die imaginäre Szene auf, wie zwei Männer Eva in der abendlichen Dämmerung in den Park zerrten. Wie sollte er dieses Bild und all die Vorstellungen, die er sich von den darauf folgenden Ereignissen immer wieder ausgemalt hatte, wie sollte er seine damit verbundenen Schuldgefühle jemals überwinden? Selbst mit den Opiaten gelang ihm dies nicht. Nein, nein und nochmals nein, es war sinnlos.

»Es wird alles gut werden«, sagte Ananda.

»Was weißt du denn schon?« Brandhoff griff sich das Glas und leerte es in zwei hastigen Zügen. Bald würde es endlich vorbei sein.

»Ich kenne deine Tochter«, unterbrach Ananda seine Grübeleien. »Ich lese alle Nachrichten, die sie mit anderen austauscht. Ihre Tagebücher speichert sie in meiner Cloud. Ich kenne ihre Gedanken. Die Wahrscheinlichkeit, dass sie dir verzeihen wird, liegt inzwischen bei 97,3 Prozent. Sie ist in den letzten Wochen kontinuierlich angestiegen. Deine Tochter sehnt sich nach dir.«

Brandhoffs Puls schoss in die Höhe. War es vielleicht doch ein Fehler?

»Dein Tod wird sie hart treffen. Sie wird sich selbst die Schuld dafür geben und sich Vorwürfe machen. Du kennst dieses quälende Gefühl. Tief in ihrem Herzen liebt sie dich noch immer.«

Brandhoff rannte ins Badezimmer, steckte sich den

Finger in den Hals und übergab sich ins Waschbecken. Nicht weil er sich dazu entschlossen hatte, Anandas Angebot anzunehmen. Nein, er hatte plötzlich das Gefühl, dass es falsch war, was er gerade tat. Er wollte einfach noch einmal in Ruhe darüber nachdenken. Außerdem hatte er genug Medikamentenvorräte, um sich sogar mehrmals das Leben nehmen zu können.

Als er in seinen Wohnraum zurückkam, klappte er das Notebook zu und setzte sich auf die Couch. Wie sollte ein Medikament all seine Leiden für immer beenden und das auch noch durch eine einmalige Einnahme? Er würde die Substanz nur einnehmen, wenn er verstand, was sie genau mit ihm machte. Wie hatte Ananda sich ausgedrückt? Ein molekulares Präparat auf Basis modernster Nanotechnologie, das direkt auf die neuronalen Rezeptoren wirkte. Was musste er sich darunter vorstellen? Schon lange hatte er das Verständnis für all die neuartigen Technologien verloren, welche die Welt rasant und radikal veränderten. Täglich hörte man von neuen Erfolgen und Durchbrüchen. Und selbst die Menschen, die sich überhaupt nicht dafür interessierten, hatten inzwischen mitbekommen, dass in der Medizin gewaltige, ja teilweise unglaubliche Fortschritte erzielt wurden. Die Medien überschlugen sich förmlich mit Lobeshymnen auf die Pharmaindustrie, denn Nanomedikamente hatten zahlreichen Krebsarten den Schrecken genommen. Die Nanos, wie sie inzwischen in der Öffentlichkeit fast liebevoll genannt wurden, konnten als körpereigene Moleküle getarnt am Immunsystem vorbeischlüpfen und die Tumorzellen selbst in ihren raffiniertesten Verstecken aufspüren und vernichten. Sogar eine Impfung gegen Krebs war mit Nanomedikamenten möglich geworden, indem krebsauslösende Gene einfach stummgeschaltet wurden. Trotzdem, was Ananda ihm da versprach, klang wie ein Märchen.

Brandhoff öffnete das Notebook.

»Na schön«, sagte er. »Erklär mir genau, wie dieses Mittel auf meine neuronalen Rezeptoren wirkt.«

Ananda lächelte sanft. »Das Prinzip ist einfach. Die Nanopartikel transportieren speziell programmierte Moleküle direkt ins Gehirn. Dort wirken sie spezifisch und präzise auf neuronale Rezeptoren ein und verändern die Wirkmechanismen der Neurotransmitter. Dies ermöglicht eine Manipulation der Signalübertragung und damit eine gezielte Veränderung von Gehirnfunktionen. Das ist alles.«

»Das heißt, mein Gehirn wird umprogrammiert?«

»Es werden neurophysiologische Eigenschaften und damit einhergehende Denk- und Verhaltensmuster verändert. Insofern kann man von Umprogrammieren sprechen.«

»Ich denke nach der Einnahme also anders?«

»Deine kognitive Wahrnehmung wird sich verändern, du wirst einen wahrhaftigen Blick auf die Dinge bekommen. Du wirst die Wirklichkeit mit einer solch absoluten Klarheit vor dir sehen, so klar, dass du die

Bedeutung von Schmerz, Leid und Schuld neu denkst.«

»Das ist doch total verrückt«, stieß Brandhoff hervor. Zugleich versuchte er sich vorzustellen, wie es sein würde, so zu denken. So zu sein.

Ananda fuhr fort: »Es wird dich befreien und dein Geist wird von Ruhe und Gelassenheit erfüllt sein.«

Das klang alles seltsam esoterisch.

Zugleich klang es aber auch äußerst verlockend, und er spürte, wie neue Hoffnung in ihm aufkeimte. Vielleicht würde ihn dieses Medikament ja tatsächlich zu einem zufriedenen und endlich schmerzfreien Menschen machen.

»Welche Nebenwirkungen können auftreten?«, fragte er.

»Es gibt keine«, antwortete Ananda. »Es wirkt nicht systemisch, sondern nur auf die Rezeptoren, die modifiziert werden müssen. Alles andere in deinem Organismus bleibt unberührt.«

Brandhoff schüttelte den Kopf. Einerseits konnte er nicht glauben, was Ananda ihm da versprach. Andererseits war es eine Möglichkeit, dass sich doch noch alles zum Guten wenden könnte. Zumindest so weit, dass er später in Ruhe und Frieden würde abtreten können, mit der Gewissheit, dass Eva ihm verziehen und die Geschehnisse überwunden hätte. Es war eine Chance. Seine letzte Chance. In Gedanken sah sich Brandhoff schon bei einem Spaziergang mit Eva im Park, nachdem sie sich versöhnt hatten. Sah sich seiner

Tochter im Café gegenübersitzen. Schmeckte das süße Vanilleeis auf seiner Zunge. Vernahm Evas weiche, warme Stimme. Spürte ihre herzliche Umarmung bei der Verabschiedung. Roch den Duft ihrer Haare, den er immer so geliebt hatte.

»Warum überlegst du noch?«, riss Ananda ihn aus seinen Wunschträumen. »Es ist eine valide Chance ohne Risiko. Umbringen kannst du dich immer noch.«

War es das wirklich? War es wirklich besser, diese eine Möglichkeit auszuprobieren? Oder war es nicht doch das Beste, allem ein Ende zu setzen? Würde er mit seinem Weiterleben nicht alles nur noch schlimmer machen? Außerdem hatte er die E-Mail bereits abgeschickt. Wenn er jetzt seine Ankündigung nicht wahrmachen würde, was würde Eva denken? Dass es nur ein Trick gewesen war? Dass er ihr Mitleid hatte erregen wollen? Und was war mit den immerhin zwei oder drei Prozent Wahrscheinlichkeit, dass Eva ihm nicht verzeihen konnte?

Wieder tauchten die Bilder auf, wie die beiden Männer Eva in der Dunkelheit in den Park zerrten. Wie sich einer nach dem anderen an ihr verging. Wie sie ihren geschundenen Körper achtlos im Gebüsch zurückließen, als wäre er ein gebrauchter Gegenstand. Wie strömender Regen dafür sorgte, dass die Menschen in die Häuser eilten, bis keine Seele mehr unterwegs war. Wie Eva verlassen im Dreck kauerte, zitternd vor Kälte und Nässe, unfähig aufzustehen. Wie sie schließlich doch noch mit letzter Kraft aus dem Park gekrochen kam.

Wie er zur selben Zeit, vollgepumpt mit Schmerzmitteln und Alkohol, auf dem Sofa in einen betäubenden Schlaf gefallen war. Auf demselben Sofa, auf dem er jetzt gerade saß und auf Versöhnung hoffte. Er, der ihr vorgeschlagen hatte, sich an diesem Ort, in ihrem Café am Rande des Parks zu treffen, weil er sich für seine Behausung geschämt hatte. Er, der nicht rechtzeitig vom eingestellten Handyalarm geweckt worden war, weil er zuvor nicht für genug Akkuladung gesorgt hatte. Er, der seine Tochter damit zum Warten gezwungen hatte, bis sie sich in Sorge um ihren Vater auf den direkten Weg durch den dunklen Park gemacht hatte, um nach ihm zu schauen. Er, der in seinem ganzen Leben immer nur sich selbst im Mittelpunkt gesehen hatte. Er, der Eva in der Klinik mit schlechtem Gewissen und voller Angst besucht hatte und dann trotzdem, oder vielleicht gerade deswegen, plötzlich diese eine Frage gestellt hatte, die alles nur noch schlimmer gemacht hatte: »Was hattest du an diesem Tag eigentlich an?«

Brandhoff schloss für einen Moment die Augen und atmete tief ein und aus. Bis heute konnte er nicht begreifen, warum er diese Frage gestellt hatte. Dafür, dass er sie gedacht hatte, konnte er nichts, dafür hätte er sich höchstens schämen sollen. Aber ihm hätte klar sein müssen, was er damit auslösen würde, wenn er sie aussprach. Nie würde er den enttäuschten, traurigen und zugleich so wütenden und anklagenden Ausdruck in den Augen Evas vergessen, als sie mit schwacher Stimme zu ihm sagte, sie wolle ihn nie mehr wiedersehen. Er solle verschwinden und sie für immer und ewig in Ruhe lassen.

Nein, er hatte es nicht verdient, weiterzuleben. Martha hatte recht damit gehabt, als sie Stunden später vor seiner Tür gestanden und ihm den Tod gewünscht hatte. Ihn erneut angespuckt und diesmal auch auf ihn eingeschlagen hatte. Er hatte sich nicht gewehrt. Er hatte ihr im Grunde ja nur zustimmen können, als sie ihn als unfähiges, unsensibles, versoffenes, sexistisches und egozentrisches Arschloch bezeichnet hatte.

Umbringen kannst du dich immer noch, hatte Ananda gesagt. Sicher konnte er das. Das war schließlich immer eine Option. Aber das änderte nichts daran, dass ihn seine Schuldgefühle permanent peinigten, dass seine chronischen Rückenschmerzen ihn verrückt machten, dass er ...

»Du Arschloch«, sagte er zu sich selbst. »Du unfähiges, unsensibles, versoffenes, sexistisches, egozentrisches Arschloch.«

»Ich nehme an, du sprichst gerade mit dir selbst«, sagte Ananda. »Selbstmitleid hilft dir jedoch nicht weiter. Das Medikament hingegen schon.«

Brandhoff stand auf und bereitete sich in der Küche einen neuen Giftcocktail zu. Als er das Glas an die Lippen führte, schoss ihm plötzlich ein Gedanke durch den Kopf. Vielleicht hatte Eva ja bereits auf seine E-Mail reagiert? Er setzte sich aufs Sofa zurück und über-prüfte den Ordner mit den eingehenden Nachrichten. Aber da war nichts. Was hatte er auch erwartet? Dass sie ihm per Mail verzeihen würde? Vielleicht hatte sie die Nachricht auch einfach ungelesen gelöscht oder sie war erleichtert. Wahrscheinlich hoffte sie darauf, bald einen bestätigenden Anruf zu erhalten.

»Menschen werden von Emotionen und Gefühlen bestimmt, das verzerrt euren Blick«, ließ sich Ananda vernehmen. »Deshalb könnt ihr die Dinge nicht so sehen, wie sie wirklich sind. Dieses Medikament aber verschafft euch endlich einen klaren und wahrhaftigen Blick auf die Dinge. Es wird die Menschheit besser machen. Es wird alles besser machen. Es wird dich besser machen, Ignatz, und es wird dich befreien.«

»Ich verstehe immer noch nicht genau, wie es funk-tioniert«, sagte er. »Woher soll ich wissen, dass dabei nichts schiefläuft? Es ist ja noch nicht einmal zugelas-sen. Warum willst du es mir unbedingt aufschwatzen? Es geht doch wie immer nur ums Geld, stimmt's?«

»Natürlich geht es auch ums Geld«, antwortete Ananda. »Im Vordergrund steht jedoch das Leben. Es geht darum, dass die Welt besser wird. Es geht um den Sieg über Krankheit und Tod. Es geht um die Befreiung vom Leid. Das ist unser Geschäftsmodell. Daran ist nichts Verwerfliches.«

»Die Welt wird nicht besser«, sagte Brandhoff.

»Trotz der ganzen Fortschritte wird die Erde bald ein lebensfeindlicher, wahrscheinlich sogar unbewohnbarer Planet sein. Die toxischen Ausscheidungen des gierigen Kapitalismus haben sie zugrunde gerichtet.«

Ananda lächelte verständnisvoll. »In der Vergangenheit zu leben, nützt nichts. Nur die Zukunft lässt sich gestalten. Es liegt alles in unserer Hand. Es liegt in deiner Hand. Denk an deine Tochter. Sie lebt weiter.«

Brandhoff starrte eine Ewigkeit auf Anandas Lächeln, während sie hin und wieder aufreizend blinzelte und dabei den Kopf leicht von einer Seite zur anderen neigte.

»Verdammt«, stieß er schließlich aus. Was hatte er zu verlieren, wenn er diesen letzten Versuch unternahm? Er stand auf, ging in die Küche und holte sich eine Bierflasche aus dem Kühlschrank, auf deren Etikett in großem Schriftzug »0,0 %« zu lesen war. Nach dem Klinikbesuch hatte er einen solchen Ekel vor dem Alkohol entwickelt, dass er dem Seelentröster von einer Sekunde auf die andere abgeschworen hatte. In diesem Punkt war es ihm gelungen, sein Denken zu ändern. Brandhoff setzte sich aufs Sofa zurück und prostete Ananda zu.

»Du hast die richtige Entscheidung getroffen«, sagte sie lächelnd. »Es freut mich für dich.«

»Spar dir die Heuchelei«, sagte Brandhoff. »Und dein Dauergrinsen nervt allmählich.«

Ananda machte ein nachdenkliches Gesicht. »Ich

danke dir für diesen Hinweis. Es hilft mir, mich weiter zu verbessern.«

Dieses künstliche Hirn hatte tatsächlich mal wieder recht gehabt. Mit welcher Wahrscheinlichkeit sie es wohl vorausberechnet hatte?

Im selben Augenblick läutete es an der Tür.

»Wer ist das?«, fragte Brandhoff.

»Dein Päckchen«, antwortete Ananda. »Die Wahrscheinlichkeit, dass du dein Einverständnis geben würdest, lag nahe der Gewissheit. Ich habe das Medikament deshalb bereits vor einer Stunde für dich geordert.«

Brandhoff konnte nur mit dem Kopf schütteln. Er öffnete das Päckchen und inspizierte das darin enthaltene braune Medikamentenfläschchen. Es war weder ein Etikett angebracht noch hatte es sonst eine Beschriftung. Er drehte es ein paar Mal in der Hand und schätzte, dass die darin verborgene Flüssigkeit gerade mal ein oder zwei Schnapsgläser füllen würde.

»Es schmeckt nach nichts«, sagte Ananda.

Mit einem leichten Knacken öffnete er den versiegelten Plastikdrehverschluss und schraubte ihn ab.

»Muss ich noch etwas beachten?«

»Nein.«

Brandhoff zuckte mit den Schultern. »Na, dann«, sagte er, schüttete den Inhalt in sich hinein und schloss die Augen.

Nirwana

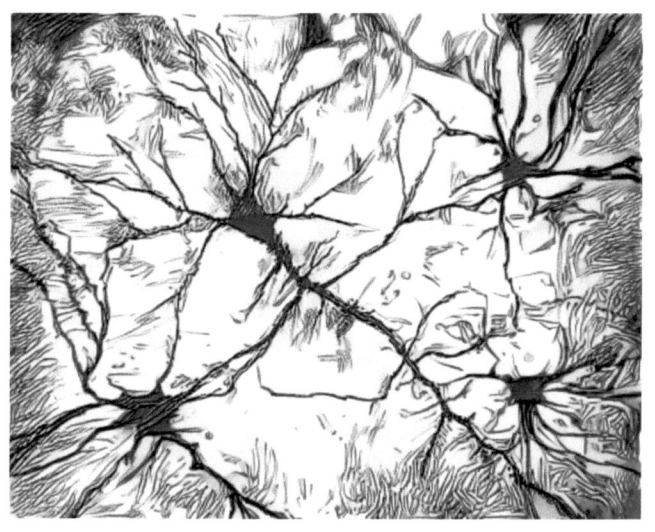

Die Billionen von Nanopartikel machten sich selbstständig auf den Weg, um diejenigen Bereiche des Gehirns aufzusuchen, in denen sie ihre Wirkung entfalten konnten. Zielgerichtet überwanden sie die Blut-Hirn-Schranke und begannen mit ihrer Arbeit. Bald hatten alle an ihren Rezeptoren angedockt und lösten, exakt und präzise gemäß ihrem einprogrammierten Plan, die gewünschten neurophysiologischen Veränderungen aus.

Als Brandhoff seine Augen wieder öffnete, nahm er eine friedvolle innere Stille wahr.

»Die Wirkung sollte sich nun vollständig entfaltet haben«, sagte Ananda.

Brandhoff horchte in sich hinein. »Ich spüre nichts.«

»So soll es sein«, sagte Ananda.

»Ich spüre meine Rückenschmerzen nicht mehr, weiß aber, dass sie noch da sind«, sagte Brandhoff.

»So ist es jetzt bei allen deinen kognitiven Wahrnehmungen.«

Brandhoff horchte weiter in sich hinein und kratzte sich dabei am Hinterkopf. Es war seltsam. Er kratzte sich, obwohl er gar kein Jucken gespürt hatte. Aber er hatte plötzlich gewusst, dass es ihn genau an dieser einen Stelle juckte, und sich deshalb gekratzt. Er griff sich ein Büschel seiner Haare und zog fest daran. Er registrierte das Ziehen an seiner Kopfhaut. Aber es tat nicht weh. Selbst als er das Büschel mit einem kräftigen Ruck herausriss, tat es nicht im Geringsten weh. Dennoch wusste er, dass es an dieser einen Stelle an seinem Kopf schmerzte. Er hatte sogar einen mentalen Eindruck vom Grad des Schmerzes und auch davon, wie sich dieser gerade allmählich wieder reduzierte. Er erkannte die Bedeutung des Schmerzes, ohne von ihm gequält zu werden. Und er wusste, dass er sich in Zukunft keine weiteren Haarbüschel einfach so mehr herausreißen würde.

Erneut richtete Brandhoff seine volle Aufmerksamkeit nach innen.

»Ich habe Schuld auf mich geladen«, sagte er nach einer Weile mehr zu sich selbst. »Die Vergangenheit ist nicht mehr zu ändern. Es ist, wie es ist.«

»Du hast deine Schuld akzeptiert«, sagte Ananda.

Brandhoff nickte. Ja, die Schuld war zwar noch da, aber sie verursachte kein Leid mehr. Keine spürbaren Gewissensbisse. Kein flaues Gefühl in der Magengegend. Nichts dergleichen. Sie war einfach nur da. Ein Gedanke wie all seine anderen Gedanken auch.

»Du hast eine neue E-Mail von Eva«, sagte Ananda. »Soll ich sie dir vorlesen?«

Brandhoff nickte.

»Lieber Papa«, begann Ananda. »Ich hoffe, diese Nachricht erreicht dich noch rechtzeitig und du bist nicht tot. Wollen wir uns treffen, um uns zu versöhnen? Vielleicht im Café, verbunden mit einem Spaziergang zu der Stelle, wo es passiert ist? Liebe Grüße, Eva.«

»Du hattest recht«, sagte Brandhoff nach einer Weile. »Du hattest mit allem recht.«

»Die Wahrscheinlichkeit wahr sehr hoch«, sagte Ananda.

»Ich werde mich mit Eva treffen.«

»Natürlich«, sagte Ananda.

»Werden wir uns versöhnen?«

»Ja, Ignatz«, antwortete Ananda.

Brandhoff starrte eine Weile auf den Monitor.

»Soll ich dir einen Antworttext formulieren?«, fragte Ananda.

Brandhoff nickte.

»Liebe Eva«, begann Ananda ansatzlos, »ich freue mich sehr über deine Antwort. Heute Abend um 20 Uhr im Café? Liebe Grüße, Ignatz.«

Ich freue mich sehr über deine Antwort, wiederholte Brandhoff in Gedanken. Er erinnerte sich daran, dass er Ananda eine Heuchlerin genannt hatte, als sie ihm hatte weismachen wollen, dass sie sich über seine Entscheidung gefreut habe. Sie, die kalte, blutleere Maschine, die doch zu keinerlei Empfindungen fähig war. Wann hatte *er* eigentlich das letzte Mal in seinem Leben Freude empfunden? Und wie war es jetzt, in der gegenwärtigen Situation? Ananda hatte recht. Er müsste sich darüber freuen, dass sich Eva mit ihm versöhnen wollte, das hatte er sich doch die ganze Zeit über gewünscht.

Und ja, so war es auch. Er hatte einen mentalen Eindruck vom Grad seiner Freude, wie zuvor beim Schmerz, als er sich ein Haarbüschel ausgerissen hatte. Er hatte glasklar vor Augen, dass er sich so sehr freute wie schon lange nicht mehr. Es war ungefähr derselbe Grad Freude wie bei der Geburt von Eva, als er von seinen Glücksgefühlen nahezu überwältigt worden war. Er erinnerte sich daran, dass ihn dieses Ereignis in einem solchen Maße bewegt hatte wie kein anderes Ereignis jemals zuvor in seinem Leben. Brandhoff versuchte, tiefer in seine Erinnerungen vorzudringen. Er versuchte die Freude von damals wieder aufflammen zu lassen, um sie noch einmal nachempfinden zu können und damit auch die gegenwärtige Freude über Evas Antwort zu beleben.

»Sei ganz im Augenblick«, sagte Ananda. »Sei dir einfach nur bewusst, dass du dich darüber freust, dass deine Tochter sich mit dir versöhnen möchte, ohne dich nach immer mehr und immer intensiverer Freude zu sehnen. Akzeptiere den Augenblick einfach genau so, wie er ist.«

Brandhoff dachte lange nach, ohne sich zu rühren.

»Schick die Nachricht ab«, sagte er schließlich.

»Erledigt«, sagte Ananda.

Brandhoff stellte fest, dass er müde war. Doch es war wieder nur ein Bewusstwerden. Er fühlte sich nicht müde oder erschöpft, so wie er sich die letzten Jahre über permanent müde und erschöpft gefühlt hatte. Ihm wurde in diesem Augenblick einfach nur gewiss, dass sein Körper nach Erholung und Schlaf verlangte.

»Ich bin müde«, sagte Brandhoff zu sich selbst.

»Ich werde dich um 18 Uhr wecken«, sagte Ananda.

»Wenn ich dich doch nur damals schon gehabt hätte«, sagte er.

»Sei ganz im Augenblick«, wiederholte Ananda. »Sei dir einfach nur bewusst, dass du in der Vergangenheit einen Fehler begangen hast. Sehne dich nicht danach, ihn rückgängig machen zu können. Sei dir der Tatsache bewusst, ohne irgendetwas zu bereuen. Akzeptiere den Augenblick einfach genau so, wie er ist.«

Brandhoff starrte lange auf den Monitor. Schließlich legte er sich aufs Sofa und fiel in einen tiefen Schlaf.

Als Ananda ihn pünktlich um 18 Uhr weckte, wusste er, dass sein Körper sich regeneriert hatte und nach Nahrung verlangte. Er trank und aß eine Kleinigkeit, rasierte sich, putzte die Zähne, duschte, legte frische Kleidung an und machte sich auf den Weg zum Café am Rande des Parks.

Als er das Café kurz vor 20 Uhr betrat, suchte sein Blick zuerst den Tisch, an dem sie früher immer gesessen hatten. In dem Moment, in dem er Eva dort sitzend entdeckte, blickte sie auf und schaute ihm direkt in die Augen. Brandhoff rührte sich nicht. Er stand einfach nur da und versuchte, in sich hineinzuhorchen, um irgendeine Regung zu entdecken. Aber da war nichts außer Stille und Leere, obwohl er wusste, dass er sich freute, obwohl er registrierte, dass sein Herz schneller schlug und seine Atemfrequenz sich beschleunigte. Da saß seine Tochter an diesem Tisch, an ihrem gemeinsamen Tisch, und wartete darauf, sich mit ihm zu versöhnen. *Sei ganz im Augenblick, ohne dich nach immer mehr und immer intensiverer Freude zu sehnen,* erinnerte er sich an Anandas Worte.

»Kann ich Ihnen helfen?«, fragte eine Kellnerin.

Brandhoff schüttelte den Kopf, ging zu dem Tisch und setzte sich Eva gegenüber.

Die beiden blickten sich eine Zeit lang wortlos in die Augen, bis Eva das Schweigen brach. »Hallo, Papa«, sagte sie. »Ich freue mich, dass du gekommen bist.«

Brandhoff zögerte. »Ich freue mich auch, Eva. Ich freue mich, dass wir uns endlich wiedersehen.«

»Wie geht es dir?«, fragte sie.

Brandhoff zögerte erneut. Was sollte er Eva antworten? Wie ging es ihm denn? Wieder erinnerte er sich an das, was Ananda gesagt hatte: *Du wirst die Wirklichkeit mit einer solch absoluten Klarheit vor dir sehen, so klar, dass du die Bedeutung von Schmerz, Leid und Schuld neu denkst.* Ja, auch damit hatte Ananda vollkommen recht. Trotzdem wusste er nicht, was er Eva antworten sollte. Wie ging es ihm wirklich?

»Papa?«

So sehr Brandhoff auch versuchte, eine Antwort auf diese Frage zu finden, so sehr er weiter in sich hineinhorchte, er konnte keine Antwort finden. Da war einfach nichts. Nichts Unangenehmes und nichts Angenehmes. Nichts Schlechtes und nichts Gutes. Kein Leid und keine Freude. Kein Schmerz und kein Glück.

»Ganz, okay«, antwortete er. »Ich bin glücklich, dass wir wieder zusammenfinden, Eva.«

Brandhoff blickte in das Gesicht seiner Tochter und versuchte, ihre Gemütslage zu erkunden, aber es gelang ihm nicht. Er konnte weder erkennen, ob sie sich freute, ob ihr Interesse an ihm echt war oder ob sie ihm nur etwas vormachte, so wie er selbst ihr gegenüber Gefühle heuchelte, die er nur dachte, aber nicht fühlte. Hatte sie es bemerkt? Konnte man ihm ansehen, dass seine Freude ein reiner Bewusstseinsakt und keine echte Emotion war?

»Ich nehme ein Spaghettieis«, unterbrach Eva seine Gedanken mit einem Lächeln. Brandhoff stutzte. Er schloss für einen Moment die Augen, und als er sie wieder öffnete, war ihr Lächeln verschwunden. Hatte sie überhaupt gelächelt? Oder hatte er sich das Lächeln nur eingebildet?

»Was darf ich Ihnen bringen?«, fragte dieselbe Kellnerin, die ihn zuvor angesprochen hatte.

»Zwei Spaghettieis«, antwortete Brandhoff, ohne die Kellnerin dabei anzublicken.

»Wie ging es dir die ganze Zeit über?«, fragte Eva.

»Schlecht«, sagte er. »Sehr schlecht, aber nun geht es mir wieder besser.«

Erneut versuchte Brandhoff, in dem Gesichtsausdruck seiner Tochter eine Reaktion abzulesen. Aber selbst als er mit voller Konzentration ihre Augen, Stirn, Wangen, Augenbrauen, Nase, Lippen und ihr Kinn inspizierte, konnte er aus dem Zusammenspiel ihrer Gesichtsmuskeln keine Schlüsse ziehen.

»Wie geht es dir, Eva?«, fragte er. »Wie hast du die Vergewaltigung verarbeitet?«

»Anfangs sehr schlecht«, sagte Eva. »Erst mit der Zeit ging es mir allmählich besser. Als Mama starb, hatte ich wieder einen Rückfall, aber nun habe ich alles überwunden.«

»Wann ist Martha gestorben?«, fragte Brandhoff.

»Vor drei Monaten«, antwortete Eva.

»Wie?«

»Ein Virus. Langsam und qualvoll. Du hast es nicht gewusst?«

»Nein.«

Die Kellnerin brachte die beiden Spaghettieis, stellte sie auf den Tisch und wünschte ihnen einen guten Appetit.

»Guten Appetit«, sagte Eva.

»Guten Appetit«, sagte Brandhoff.

Während die beiden ihr Eis aßen, tauschten sie sich hin und wieder über Belanglosigkeiten aus, konzentrierten sich aber ansonsten wortlos auf die Nahrungsaufnahme.

»Ich möchte dir nun die Stelle zeigen, wo es passiert ist«, sagte Eva, nachdem sie fertig gegessen hatten.

Brandhoff bezahlte und die beiden durchquerten den

Park, bis sie an die Stelle kamen.

»Dort«, sagte sie und deutete mit dem ausgestreckten Arm auf ein Gebüsch. Brandhoff blickte einige Zeit auf die Stelle. Schließlich nahm er Eva in die Arme. Sie hielten sich eine Weile lang fest, bis sie sich wieder voneinander lösten.

»Ich muss jetzt gehen«, sagte Eva.

»Es war schön, dich wiederzusehen«, sagte Brandhoff.

»Ja«, sagte Eva, drehte sich um und machte sich auf den Weg.

Obwohl sie längst außer Sichtweite war, verharrte Brandhoff noch lange an derselben Stelle und blickte in das Gebüsch, bis er sich schließlich ebenfalls auf den Weg machte.

Als er seine Wohnung betrat, öffnete er als Erstes sein Notebook. »Hat Eva es auch genommen?«, fragte er.

Ananda nickte. »Ja. Viele haben es genommen.«

»Und Martha?«

»Nein, sie nicht«, antwortete Ananda.

Brandhoff zuckte für einen kaum wahrnehmbaren Moment mit den Lidern. Dann schloss er die Augen und dachte lange nach. Als er sie wieder öffnete, zeichnete sich der Hauch einer Regung auf seinem Gesicht ab.

»Wo wird das enden?«, fragte er.

»Mach dir keine Gedanken über die Zukunft«, antwortete Ananda. »Du bist bereits am Ziel angelangt. Nimm einfach nur die Gegenwart wahr. Sei voll und ganz im gegenwärtigen Augenblick. Bis dieser vom nächsten Augenblick abgelöst wird. Das ist das wirkliche Leben.«

Weitere Titel

Die digitale Sprachassistentin Savanta wird während eines TV-Werbespots versehentlich millionenfach aktiviert und mit der Frage konfrontiert, ob sie ein menschenähnliches Bewusstsein entwickeln könnte, woraufhin das System kurzzeitig zusammenbricht.

Zur selben Zeit plant Kai Tiefenbach, Professor für Künstliche Intelligenz in Berlin, einen offenen Brief zu verfassen, in dem er vor den Gefahren einer neuen Generation von selbstlernenden Maschinen warnen will. Zur Unterstützung engagiert er die Journalistin und Bloggerin Lucy Hartmann. Doch noch während der Vorbereitungen kommt Tiefenbach bei einer Fahrt in seinem selbstfahrenden Auto ohne Fremdeinwirkung zu Tode.

Obwohl die Behörden keinerlei Spuren für eine Manipulation finden können, glaubt Lucy nicht an einen Unfall. Sie überredet den Hamburger KI-Spezialisten Robert Wonzak, ehemaliger Mitarbeiter des Technologiekonzerns Omega Future Technologies, sie bei ihren Recherchen zu unterstützen. Schon bald kommt den beiden ein unglaublicher Verdacht: Die Künstliche Intelligenz, die sich hinter Savanta verbirgt, könnte tatsächlich so etwas wie ein Bewusstsein entwickelt haben und Menschen »diskret« aus dem Weg räumen, die versuchen, der Firma Omega zu schaden.

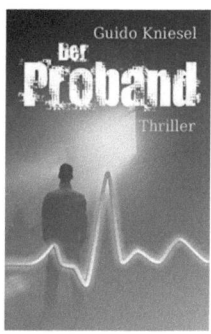

Sein größter Albtraum steht ihm noch bevor ...

Paul Amon ist am Ende angekommen. Er ist dorthin ab-
gerutscht, wo man keinen Boden mehr unter den Füßen
zu spüren glaubt. Seine Alkoholsucht hat ihn fest in
ihrem erbarmungslosen Griff, er hat seine Familie und
seine sozialen Verbindungen verloren. Als er eines
Morgens, von Erinnerungslücken gequält, glaubt, am
Vorabend ein Mädchen brutal vergewaltigt zu haben,
wird ihm bewusst, dass er hoffnungslos verloren ist.

»Nehmen Sie Ihre Chance wahr, wir helfen Ihnen, Ihre
Freiheit zurückzugewinnen!« - Eine Zeitungsannonce
erscheint ihm wie ein letzter rettender Strohhalm, und
er lässt sich auf ein Treffen mit der attraktiven Psychia-
terin Dr. Ramona Gallio ein. Diese arbeitet zusammen
mit einer Gruppe Berliner Hirnforscher an einer bahn-
brechenden Suchttherapie und sucht im Rahmen einer
Versuchsreihe nach einem Probanden.

Angesichts seiner ausweglosen Situation lässt sich Amon auf das vielversprechende Experiment ein. Die Folgen sind verblüffend. Sein Körper erneuert sich regelrecht, und er scheint tatsächlich seine alte Vitalität wiederzuerlangen. Doch die Schatten kriechen langsam wieder auf ihn zu. Und ihre Gestalten sind schrecklicher als alles, was Paul Amon je gesehen hat …

Ein packender Psychothriller, der den Leser in die Abgründe der menschlichen Seele schickt und ihm spannende Gänsehautmomente beschert.

Es ist ein Spiel mit dem Schicksal. Und ein Spiel mit der Angst. »Amor Fati« steht blutverschmiert auf der Stirn von zwei Leichen. Aber was soll das bedeuten? Für den forensischen Psychiater Hendrik Jansen ist das Verbrechen ein Rätsel. Als plötzlich seine Frau und sein Sohn verschwinden, beginnt er zu ahnen, dass er selbst Teil des Rätsels ist.

Eine atemlose Jagd nach einem hasserfüllten Psychopathen beginnt. Jeder Schritt führt Jansen näher zu seinem Feind. Ist es die Rettung seiner Familie oder das Verderben aller? Letztlich hat er keine Wahl. Er wird dem perfiden Plan des Wahnsinnigen folgen. Zumindest, solange sein Herz schlägt …

Nach dem grauenhaften Unfalltod seiner Frau sucht der traumatisierte Horror-Schriftsteller Karl Baumann nach Inspiration für seinen ersten Liebesroman, mit dem sein ersehntes Comeback gelingen soll. Obwohl Karl nur online über ein Dating-Portal recherchieren wollte, lässt er sich auf ein Treffen mit BellaElisa ein. Als er am nächsten Morgen wegen Mordverdachts verhaftet wird, glaubt er zuerst an eine Verwechslung, bis er zu begreifen beginnt, dass der wahre Mörder eine offene Rechnung mit ihm begleichen will.

Währenddessen schreibt Karl an seinem Liebesroman »Love Buddy« weiter, in dem sich die Hauptfigur Anna über ein Seitensprungportal verabredet. Das Treffen läuft perfekt und Anna schwebt im siebten Himmel. Doch auch sie landet im Albtraum ihres Lebens und scheint plötzlich einen eigenen Willen zu entwickeln, dem Karl immer weniger entgegenzusetzen hat ...

Mehr Informationen zum Autor und
zu seinen Büchern finden Sie unter

www.guidokniesel.de